सोचा, तुम हो!

(काव्य संग्रह)

देव यादव

PG PUBLICATION

दिल्ली-110089

संस्करण : 2020
ISBN : 978-93-89984-30-9

प्रखर गूँज पब्लिकेशन
एच-3/2, सेक्टर-18, रोहिणी, दिल्ली-110089
दूरभाष : **7982710571, 7838505899, 011-27851059**

प्रथम संस्करण : 2020

सोचा, तुम हो!(काव्य संग्रह)

By : Dev Yadav

Email id : devguru921@gmail.com

Published by
PRAKHAR GOONJ PUBLICATION

Delhi - 110089

E-mail : prakhargoonj@gmail.com

  sinha.neelu123@gmail.com

011-27851059, 7982710571, 7838505899

विशेष आभार

जय माँ शारदे!..

Hi Everyone!

मैं हूँ देव !

मेरी पहली पुस्तक प्रकाशित हुई है। इसके लिए सभी पाठकों का शुक्रिया! मेरा उत्साह बढ़ाने वाले सभी फेसबुक, इंस्टाग्राम, ट्विटर और यूट्यूब के सभी मित्रों का शुक्रिया!

जैसा कि आप सब जानते हैं, हर व्यक्ति के जीवन में उसके माता-पिता अहम भूमिका निभाते हैं। मैं अपने पिता श्री पूरन सिंह यादव जो कि मेरी क्षमता को पहचान कर एक मित्र की तरह कदम कदम पर साथ देते रहे, मेरी माता श्रीमती सिया यादव जो जरूरत पड़ने पर मुझे मोटिवेट करती रहीं, दोनों को सादर प्रणाम करता हूँ व विशेष धन्यवाद देता हूँ।

मैं अपने परिवार के सदस्यों शिशुपाल सिंह, कुशलपाल सिंह, पॉपेंद्र यादव, सतेंद्र यादव का शुक्रिया करता हूँ अपने जीवन का अभिन्न अंग होने के लिए व जरूरत पड़ने पर मेरी ढाल बनकर खड़े रहने के लिए।

मेरी सबसे अजीज मित्र इशिका यादव को विशेष शुक्रिया जिसने मुझे सबसे अधिक प्रोत्साहित किया कि आज मैं ये कर सका।

शुक्रिया अमरपाल शास्त्री, सौरभ यादव, सुभाष चन्द्र, संजीव कुमार बंसल और उन सभी लोगों को जिन्होंने जरूरत पड़ने पर निर्णय लेने में सुझाव व सहायता दी!

शुक्रिया मेरे आलोचकों को जिन्होंने मेरे जीवन में अहम भूमिका निभाई है। मैं मानता हूं कि मैं परफेक्ट नहीं हूँ। मैं और मेहनत करूँगा और ज्यादा निखर कर आप सबके सामने आऊँगा।

शुभकामनाएँ

शीलेन्द्र यादव जी (इनका उपनाम देव यादव है) की साहित्य के क्षेत्र में यह पहली कृति है। पहली कृति होने के बावजूद इनकी कविताओं में हृदय को स्पर्श करने वाले भाव स्पष्टतः महसूस होते हैं। कला कोई भी सीखी नहीं जाती, यह जन्मजात होती है।   और लेखन तो ऐसी कला है जो हृदय के भावों को शब्द रूप में कागज पर उतार देती है और पाठकों के हृदय तक आँखों के जरिये पहुँच शीतलता प्रदान करती है। देव जी के शब्दों में वो खिंचाव है जो पाठक को पहली बार पढ़ने पर भी उस मनोस्थिति में ले आता है जिससे वशीभूत होकर लेखक ने कृति की रचना की होगी। इनके पिताजी का नाम श्री पूरन सिंह यादव व मां का नाम सिया यादव है। इनका जन्म उत्तर प्रदेश जिला हाथरस के गांव जमालपुर, सिकांद्राराऊ में १९८९ में हुआ। इनकी प्रारंभिक शिक्षा सरस्वती शिशु मंदिर, पचों से हुई व दसवीं व बारहवीं की शिक्षा सरस्वती विद्यामंदिर से हुई। अभी स्नातकोत्तर कॉलेज श्री वार्ष्णेय महाविद्यालय, अलीगढ़ से स्नातक तृतीय वर्ष, अंग्रेजी साहित्य की शिक्षा ग्रहण कर रहे हैं। इन्हें श्रृंगार रस के साथ साथ वीर रस व व्यंगात्मक कटाक्ष लिखने में बहुत रुचि है।

देव जी की प्रथम पुस्तक के लिए उनको बहुत बहुत शुभकामनाएँ।

नीलू सिन्हा
संस्थापक एवं प्रमुख संपादक
'प्रखर गूँज प्रकाशन' एवं
'प्रखरगूंज साहित्यनामा मासिक पत्रिका'
सदस्य 'स्क्रीन राइटिंग एसोसिएशन'

सोचा, तुम हो!

(काव्य संग्रह)

मैंने जिन द्रोणाचार्य से एकलव्य की तरह शिक्षा ली और मेरे सबसे बड़े इंस्पिरेशन – डॉ. कुमार विश्वास जी व स्व० डॉ. राहत इंदौरी साहब जी के चरणों में मेरा प्रणाम।

अनुक्रमांक

सोचा... तुम हो!

किसी ने दरवाजा खटखटाया

तो सोचा तुम हो!

आहट जो हुई किसी के आने की

तो सोचा तुम हो!

आज वही पुरानी डायरी

फिर से खोली थी...

आह! खुशबू जो आई तुम्हारी

तो सोचा तुम हो!...

****

मौत को बड़े गौर से देखा है

आसमां को बड़े गौर से देखा है,

जहरीली हवाओं का खौफ देखा है।

ठोकरें लगी हैं बेशुमार जिन्दगी में,

मैंने मौत को बड़े गौर से देखा है।

लो चाबियां और खोल दो इन परिंदों को,

मैंने कई परिंदों को खोते देखा है।

उसने खाना नहीं खाया है कई रोज से,

मैंने लोगों को भूखे सोते देखा है।

सियासी अंधों ने खिलौना समझा है उसको,

यूं गरीबों को कोसों चलते देखा है।

बिन जहर के मर गया वो इंसा,

और लोगों को रंग बदलते देखा है।

चांदनी से प्यारी थी भार्या अपनी उसको,

बीच राह में भूख से तड़पते देखा है।

तुम तो कहते थे दौर आयेगा अपना,

नियत तुम्हारी को भी बदलते देखा है।

तुम दिखाते रहे सपनों पे सपने,

मैंने लोगों के सिर पर खाली आसमां देखा है।

कि तुम बताओ कब तक बनायें ख्वाबों के घर,

मैंने लोगों को धूप ओढ़ते देखा है।

ये कौन हैं जिन्हे तुम नहीं जानते,

तुम्हारे सारे दाबे झूठे होते देखा है।

सिर पर बोझ, कंधो पर बच्चे, कोसों का सफर,

मैंने लोगों को आस छोड़ते देखा है।

जिन्दगी का बुरे से बुरा दौर देखा है,

मैंने मौत को बड़े गौर से देखा है।

****

लौट आना

जा रही हो ? जाओ पर सुनो!!

रात होने से पहले ही लौट आना।

इस अंधेरे घर में अकेला हूं,

शाम ढलते ही लौट आना।

तुम ना होगी तो तकल्लुफ रहेगी हमें,

मेरी आंखों से अश्क बहते ही लौट आना।

राह देखूंगा तुम्हारे जाने के बाद,

ख्वाब देखूंगा तुम्हारे आने के बाद।

दरवाजा जब खोलूं तो वहीं पर खड़ी पाना,

रात होने से पहले ही लौट आना।

शाम ढलते ही तुम लौट आना।।

वहां जाकर तुम कुछ ही घड़ियां बिताना,

ख्वाब की पुरवाई में मुझे याद मत आना।

धूप में परछाई सी मेरे साथ साथ ही रहना,

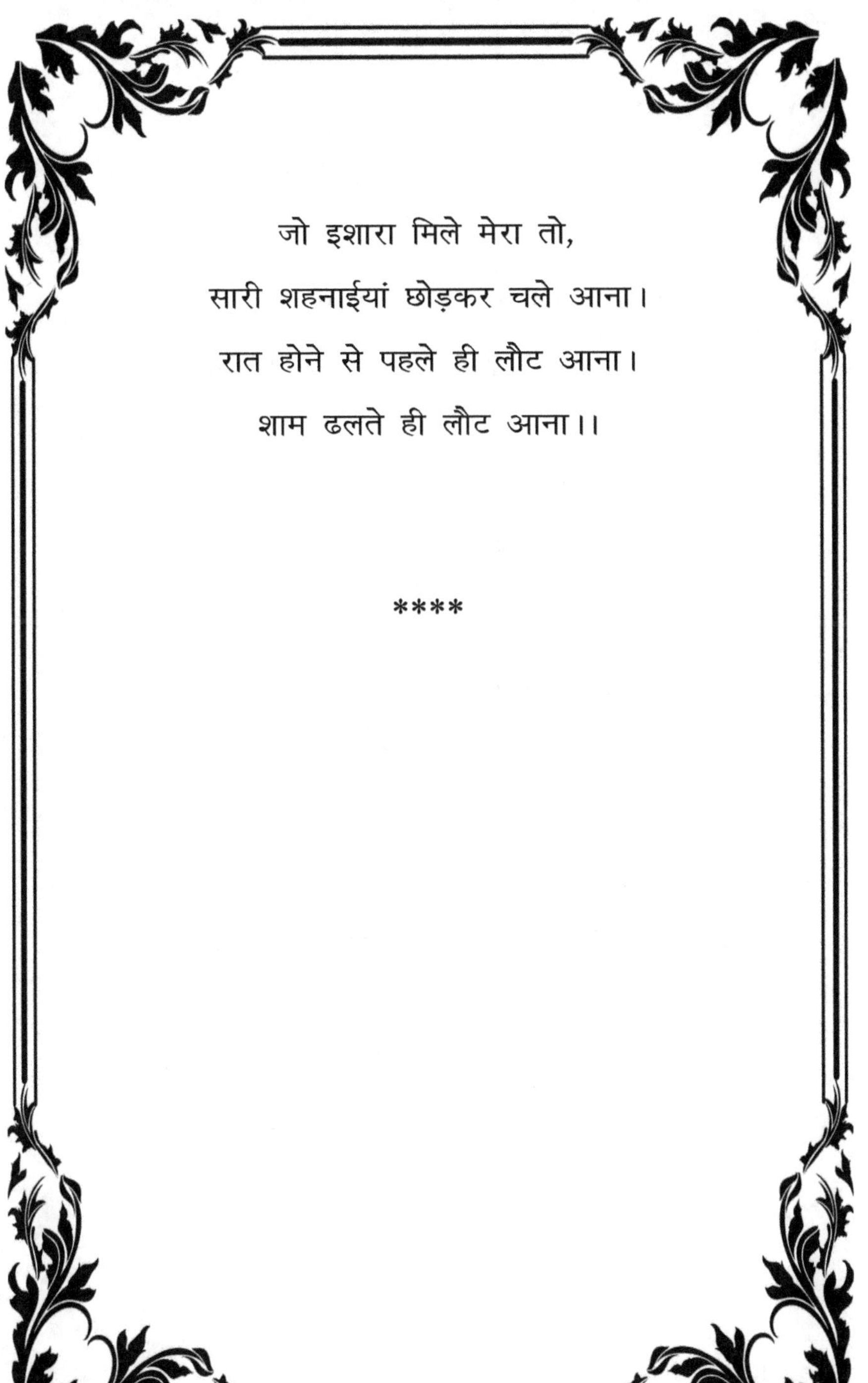

जो इशारा मिले मेरा तो,
सारी शहनाईयां छोड़कर चले आना।
रात होने से पहले ही लौट आना।
शाम ढलते ही लौट आना।।

****

मुझे याद करती होगी

आज मेरे गीतों को वो भी पढ़ती होगी।
पास नहीं हूं उसके किससे लड़ती होगी?

मेरे इश्क को खेल समझकर बीच राह में छोड़ा था,
हाथ में मेरी फोटो लेकर रात को रोती होगी।

अब वो दौर गए जब मुझको गले लगाकर रखती थी,
आज मेरी यादों को फिर से गले लगाती होगी।

इश्क खेल में कच्चा था, माना दिल थोड़ा बच्चा था,
अब वो अपने बच्चे को देव कहकर बुलाती होगी।

हद से ज्यादा बढ़ती होगी पीड़ा उसके दिल में,
तिलक लगा अपने बेटे को आहें भरती होगी।

****

क्या जल्दी है?

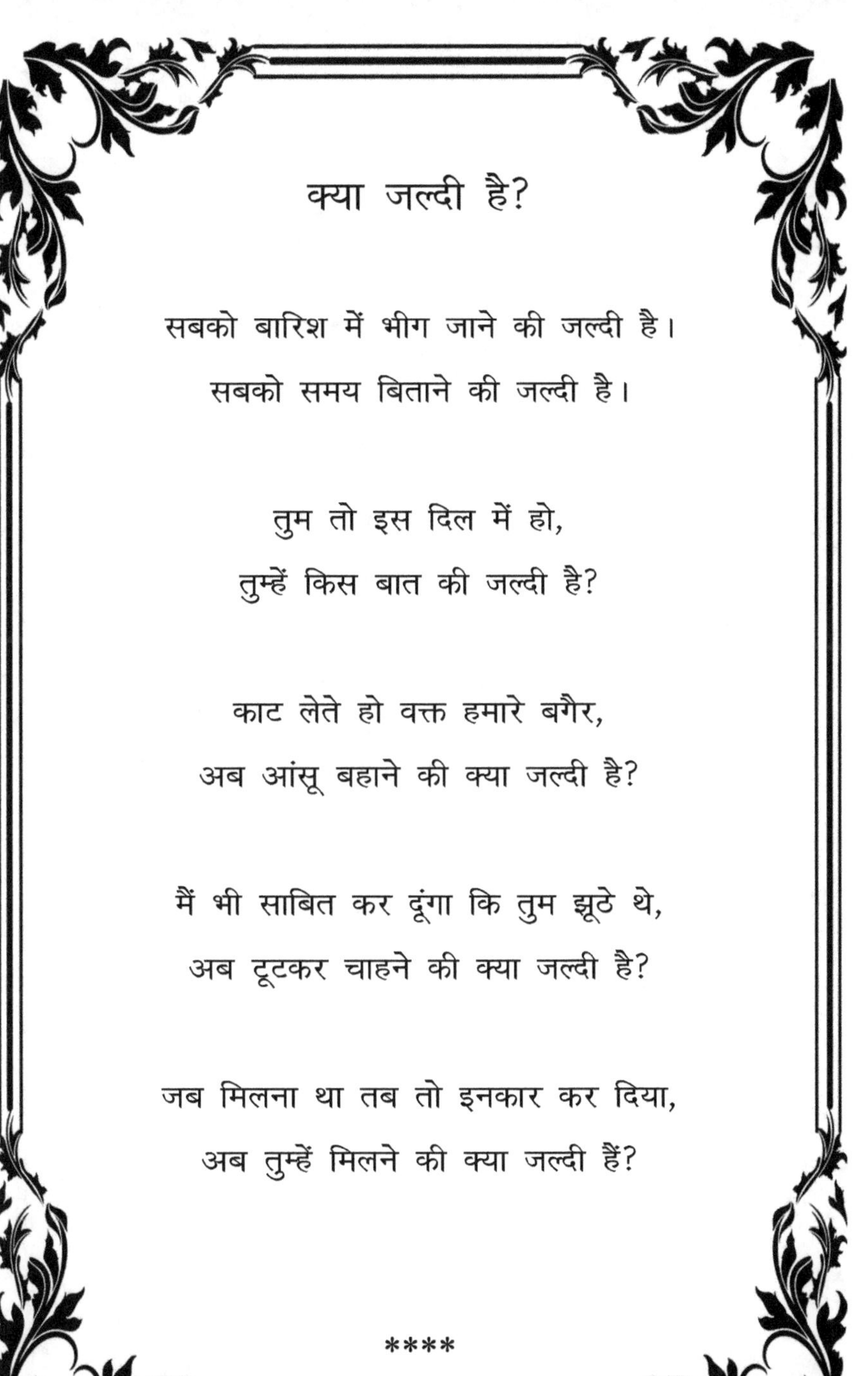

सबको बारिश में भीग जाने की जल्दी है।
सबको समय बिताने की जल्दी है।

तुम तो इस दिल में हो,
तुम्हें किस बात की जल्दी है?

काट लेते हो वक्त हमारे बगैर,
अब आंसू बहाने की क्या जल्दी है?

मैं भी साबित कर दूंगा कि तुम झूठे थे,
अब टूटकर चाहने की क्या जल्दी है?

जब मिलना था तब तो इनकार कर दिया,
अब तुम्हें मिलने की क्या जल्दी हैं?

****

इश्क

कोई इश्क में कच्चा होता है।
कोई इश्क में अच्छा होता है।

हां में हां मिलाता रहे, दुम हिलाता रहे,
वही इश्क में सच्चा होता है।

अभी इश्क नया किया है तुमने, हम खेले खाए हैं,
नए- नए इश्क में दोनों का दिल बच्चा होता है।

****

क्या दूं ?

वो खुद एक मंजिल है उसे खिताब क्या दूं ?

रोज रोज उसकी गलतियों का हिसाब क्या दूं ?

आकर बैठ जाती हैं उसकी यादें मेरे सिरहाने अक्सर,

जो खुद में ही खुश्बू है उसे गुलाब क्या दूं ?

मेरे सारे गुनाह उसे मुँह जुबानी याद हैं,

जो खुद में ही शबाब है उसे ये चांद क्या दूं ?

आज वो दूर है मेरी कमियां गिनाकर,

अपनी सफाई में उसे जबाब क्या दूं ?

वो उंगलियों पर गिन लेती है मेरी गलतियों को,

उसे इस चतुराई का खिताब क्या दूं ?

तुमसे न मिलता तो अच्छा ही होता।

तेरे यूं बदल जाने का तुझे जबाव क्या दूं ?

****

आइना

महफिल में तुम अपनी जुबां खोल देना
गूंगों के सामने तुम भी बोल लेना।

अपने जज्बात बहने मत देना यूं ही
मुंह खोलने से पहले तुम भी तोल लेना।

इंशा बड़े नासमझ बनते हैं, हैं नहीं
उनके सामने सच के आइने खोल देना।

और प्यार मोहब्बत में तुम क्या जानो
इश्क में सच की हर डाली पर डोल लेना।

मिलाना आंखों से आंखें जिस्म को ठंडा करके
उसके सामने अपने किरदार मत खोल देना।

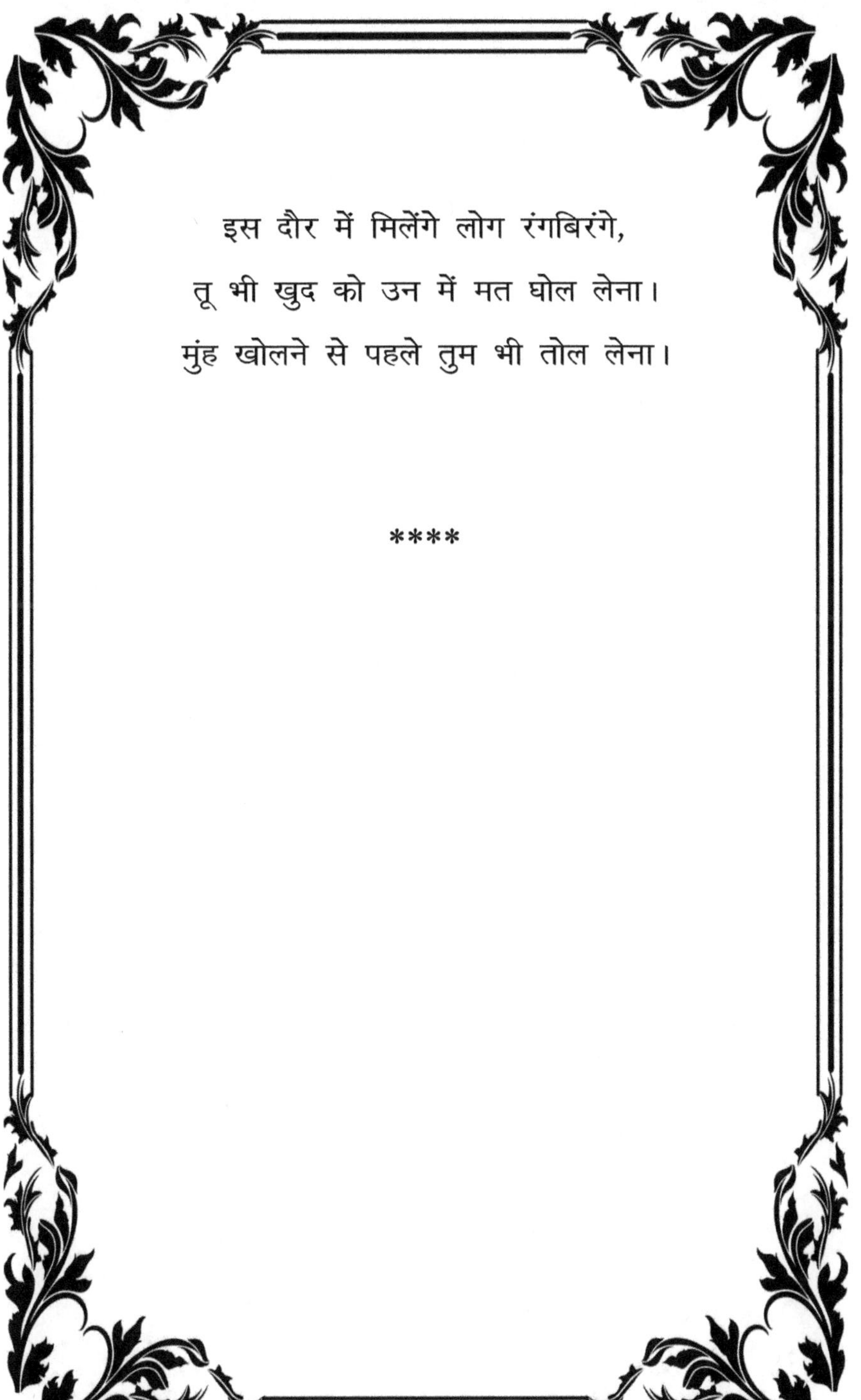

इस दौर में मिलेंगे लोग रंगबिरंगे,

तू भी खुद को उन में मत घोल लेना।

मुंह खोलने से पहले तुम भी तोल लेना।

****

कमी रह गई

आग दिल में लगी की लगी रह गई।
जिन्दगी में किसी की कमी रह गई।

मोहब्बत की थी किसी से बेपनाह कभी,
मेरी आंखें उसे ढूंढ़ती रह गई।

उसको देखा तो फिर से कहानी बनी,
बिन कथानक कहानी बनी रह गई।

उसको चाहा था मैंने दिलों जान से।
चाहतों में मेरी ही कमी रह गई।

गलतियां तो करी उसने भी मगर,
कुछ तो बातें मेरी अनसुनी रह गई।

उसको देखा था जब छोड़कर वो गई।
आंख में बस मेरी ही नमी रह गई।

तेरी याद

तेरी यादों को इस दिल से

मिटाया नहीं जाता

फोटो को तेरी इस कलेजे से

हटाया नहीं जाता

प्यार करते रहे अन्दर ही अंदर

हिम्मत ना थी,

प्यार तो बहुत किया पर

कभी जताया नहीं जाता

****

जज़्बात

जज़्बात मेरे किसी को क्यों बताऊं,
रूठा है वो उसे कब तक और मनाऊं।

ये मिट्टी का घर है आंसुओं से ढा देती है,
खफा है वो, किसी और से दिल क्यों लगाऊं।

अश्कों से भरा प्याला पी लिया हमने,
अब उसे बेवजह क्यों सताऊं।

वो खुश है और मैं जी रहा हूं,
अब उस पर ये मेहरबानी क्यों दिखाऊं।

सुना है प्यार में किस्मत भी होती है,
अब अपने मुकद्दर में उसे क्यों मिलाऊं?

****

एक बहाना ठहर जाने को

कोई बहाना देदो ठहर जाने को,

दिखावा काफी है इस ज़माने को।

खुद को खुद में देख सकें एक पल,

काँच का टुकड़ा काफी है हकीकत दिखाने को।

तन्हा बैठ बिताते है कुछ वक़्त, अब वो जमाना नहीं रहा,

लोग बहाने ढूंढ़ते हैं रूठ जाने को।

तुमसे रूबरू होने की गुजारिश है,

एक बहाना चाहिए आज़माने को।

हार गए हो हमें भी जिंदगी के जुये में,

अब क्या चाहिए बाजी लगाने को।

****

अब क्या करें?

मेरी आंखों से समंदर निचोड़ डाला अब क्या करें?
बनाकर ख्वाब सारे तोड़ डाले अब क्या करें?

उसके नाम कर दिया था जिन्दगी को,
और उसने इसे झकझोर डाला अब क्या करें?

बदलती रही अपने रंग हर मोड़ पर,
हमने भी थककर सफेदी ओढ़ डाली अब क्या करें?

****

पास आना चाहता हूं

अब तुम्हारे पास आना चाहता हूं,

तुम्हें लेकर कहीं दूर चला जाना चाहता हूं।

ये जमाना सदैव ही दुश्मन रहा है प्यार का,

अब गम, दर्द, दुख सब मिटाना चाहता हूं।

हर मोड़ पर, हर दुख में, दूंगा साथ तेरा,

अब तेरे पास आकर ठहर जाना चाहता हूं ।

कभी किये थे वादे हजार तुमसे,

अब वक्त आ गया है, वो सारे वादे निभाना चाहता हूं।

सारी विरहें मिटा कर,

फिर से मुस्कराना चाहता हूं।

****

मेरा एक दोस्त खो गया

मेरा एक तारा खो गया है।
जागा ही नहीं कब से सो गया है।

मेरा दोस्त ही मेरी जान था ,
अब वो इस आसमां में खो गया है।

जिंदगी के हर मोड़ पर आती है तेरी याद,
खता क्या हुई तू दूर मुझसे क्यों हो गया है?

तू खुश होगा तड़पता देख मुझको।
मर के भी तू मेरी यादों में अमर हो गया है।

****

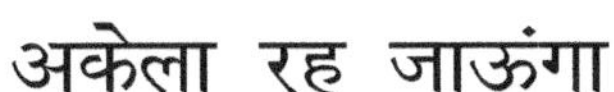

अकेला रह जाऊंगा

रिश्तों का मोल बता तो दूं,
पर मैं अकेला रह जाऊंगा।
अपने जज्बात बता तो दूं
पर मैं अकेला रह जाऊंगा।

रोज रोज होते हैं लोग
नए मुखौटे लगाकर तैयार।
ऊपर से मीठा अन्दर से विष
लोगों के चेहरे दिखा तो दूं,
पर मैं अकेला रह जाऊंगा।

जज्बात हैं कई दफन,
तमाशे को इंसा भी काफी हैं।
कोई नहीं समझता दर्द, गम
तमाशा सबको चाहिए
तमाशा दिखा तो दूं,
पर मैं अकेला रह जाऊंगा।

कैद हैं कई प्रश्न मेरे दिल की दीवारों में,

कैद ही रहने दो।

प्रश्नों को उजागर कर तो दूं

पर मैं अकेला रह जाऊंगा

विरह किसको बताऊं,

उंगली किस पर उठाऊं

सबका मुंह काला है।

और ये उंगली उठा तो दूं

पर मैं अकेला रह जाऊंगा।

सबके अपने अपने गम दर्द हैं

मरहम किस को लगाऊं?

सब भूल जाते हैं,

वक्त पर याद करते हैं।

और मरहम लगा तो दूं।

पर मैं अकेला रह जाऊंगा।

खामोश हूं, संतुष्ट हूं, ये मतलब नहीं

कि सबकुछ चुप चाप सह लूं।

और सह तो लूं

पर मैं अकेला रह जाऊंगा।

और लोग फरेबी हैं इस दौर के।

किस किस से शिकवा करूं।

पीठ पीछे खंजर रखते हैं

उन्हें सच्चाई दिखा तो दूं

पर मैं अकेला रह जाऊंगा।

****

कभी कभी मौन रहना चाहिए

कभी कभी मौन रहना चाहिए, और

कभी कभी कुछ कहना भी चाहिए।

गर जिंदा हो तो दिखो, लिखो, और आवाज उठाओ,

यूं किसी के दबाव में, घुटकर जीना नहीं चाहिए।

अहंकार वो करता है, अपनी शक्ति का, करने दो।

तुम्हें अपने जज्बातों को काबू में रखना चाहिए।

****

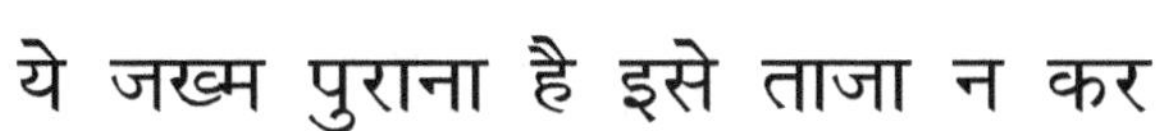

ये जख्म पुराना है इसे ताजा न कर

ये जख्म पुराना है,

इसे ताजा न कर।

मेरी जिंदगी में आने का,

इरादा न कर।।

वैसे निगरानी कुछ ज्यादा है,

तेरे घर में।

अपनी छत से बुलाने का,

इशारा न कर।।

यूं रात भर न,

जाग जगाया कर।

बेवजह हमें यू न,

सताया कर।

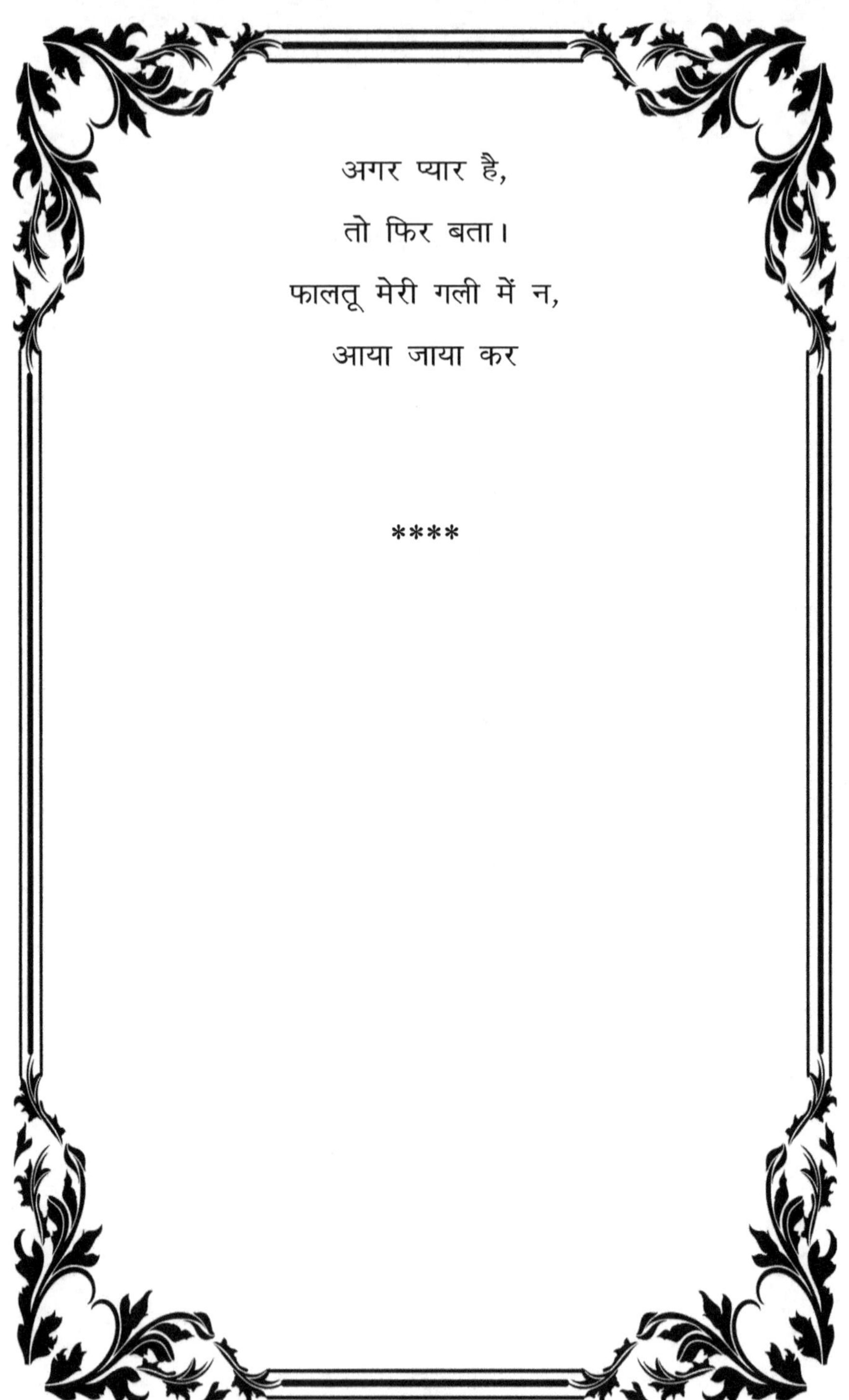

अगर प्यार है,

तो फिर बता।

फालतू मेरी गली में न,

आया जाया कर

****

हम तुम्हारे जैसे नहीं हो सकते

हम तुम्हारे जैसे नहीं हो सकते।
तुम हमारे जैसे नहीं हो सकते।

सबके स्वयं के किरदार होते हैं,
क्यों कि तारे कभी सूरज नहीं हो सकते।

फैला लो खुद को जितना फैलाना है,
नदी झील तालाब कभी समंदर नहीं हो सकते।

वास्ता रखो तलवारों से, पीछे मत हटो,
क्यों कि चाकू कभी खंजर नहीं हो सकते ।

****

तुझे छोड़कर खुद ही चला जाता हूं

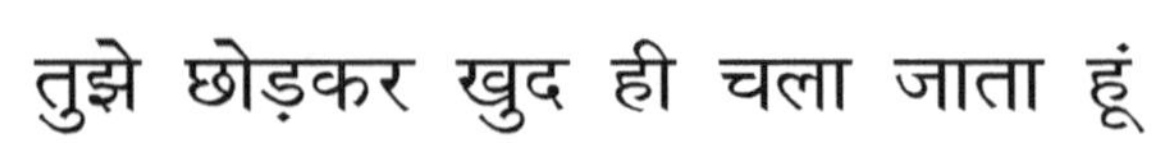

तेरे बेवजह रूठ जाने को

हर वार मानता हूं।

कभी कभी खुद ही

थक कर बैठ जाता हूं।

तनहा रहोगे तो रोओगे

मुझे याद करके,

चल मैं तुझे छोड़कर

खुद ही चला जाता हूं।

****

अब वफा की बात न होगी?

अब वफा की बात न होगी।
पहले की तरह मुलाकात न होगी।

कब तक रोएंगे रातों को, छिप छिप कर,
अब रो रो कर हमारी आंखें लाल न होंगी।

ख्वाबों के घर उजाड़े हैं उपहास बनाकर।
अब मेरी तरह प्यार की बरसात न होगी।

गर मिल भी जाए कोई शख्स किसी मोड़ पर,
तो उससे तुम्हारी तरह प्यार की बात न होगी।

कोशिश यही रहेगी कि फिर न गुजरें इस दौर से,
अब ये रातें किसी और के नाम न होंगी।

****

अब दूर तुम जाने लगे हो

अब दूर तुम जाने लगे हो।
निशाना किसी और पर लगाने लगे हो।

मुझ में कमी थी या दिल भर गया,
किसी और से इश्क लड़ाने लगे हो।

खुदा का खौफ है मुझको, तुम्हें क्या डर नहीं लगता?
मेरी जगह किसी और पर हक जताने लगे हो।

मेरी खुशी का ठिकाना कहां है, कि तुम खुश हो,
तुम तो किसी और को देख कर मुस्कराने लगे हो।

बहुत हो गया जान, अब जाने भी दो,
मेरी सारी बातें किसी और को बताने लगे हो।

इरादा कर लिया मैंने कुछ गमों को पी जाऊं,
फिर भी तुम क्यों दूर जाने लगे हो।

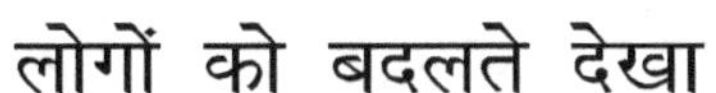

लोगों को बदलते देखा

मोहब्बत में लोगों को रोते देखा,

अपने अजीजों को खोते देखा।

बदल गए लोग अपने मतलब के लिए,

प्यार पल भर में बदलते देखा ।

समझ होती नहीं रिश्तों की,

इश्क में लोगों को उछलतें देखा।

मोहब्बत भी अजीब होती है, अजीबों से,

इश्क को इश्क से बिछड़ते देखा।

****

उसे धूप लग रही होगी

मैं जल रहा हूं, उसे धूप लग रही होगी,

अब वो नए रिश्तों में पड़ गई होगी।

आना जाना बंद कर लिया अब उसकी यादों ने,

अब वो भी किसी के जज़्बातों में पड़ गई होगी।

हर पल आहट सी होती है, तुम्हारी,

अब वो भी किसी की आहट बन गई होगी।

****

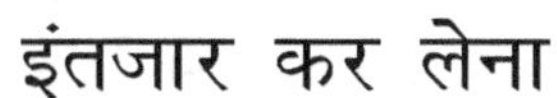

इंतजार कर लेना

जाने से पहले मेरा इंतजार कर लेना,
मैं आऊं तो मेरा इंतजाम कर लेना।

जज्बात मेरे आसमां छू रहे हैं,
जब आऊं, तो मेरा किरदार पढ़ लेना।

आये हो मुझ पर इश्क का हक जताने,
हक जताने से पहले हकदार बन लेना।

ठहरे हो जमीं पर चांद की पहरेदारी करने,
उस से पहले तारों के पहरेदार बन लेना।

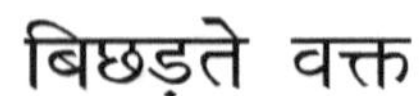

बिछड़ते वक़्त

बिछड़ते वक़्त दोषी बना डाला,
खुदा तूने जंजाल में कर डाला।
होती नहीं अशुद्धि उसके सामने,
फिर उसकी नज़रों में परदेशी बना डाला

शायरी

रात भर हम उसे गुन गुनाते रहे,
बीते दिन वो मुझे याद आने लगे।
जैसे जैसे अंधेरा सा छाने लगा,
हद से ज्यादा मुझे याद आने लगे।

क्यों रुलाएं

अपना गम कहां लेके जाएं,

किसी और को क्यों सताएं।

जब अपना ही देता है तन्हाई,

तो किसी हंसते हुए को क्यों रुलाएं।

रात अंधेरी है, सबब है रूस्वाई,

क्यों ना अपने ही घर में चिराग जलाएं।

****

तन्हाई

रात की तन्हाई में जागता रहता हूं,
तेरे इंतजार में बेकरार सा रहता हूं।

बताऊंगा कभी दिल का हाल क्या रहता है,
भले तू दूर है पर महसूस तुझे ही करता हूं।

तेरी याद जगाती है मुझे रात भर,
फिर भी करवटें बदलते रहता हूं।

मुझे पता है कि ये तड़पन भी इश्क है,
तन्हाई की रात में मुस्कुराता रहता हूं।

नींद से शिकायत नहीं वो तो तुमसे है,
परछाई सी है और मै तुझे समेटे रहता हूं।

रात की तन्हाई में जब याद तुम्हारी आती है,
तुम्हें देखने को हर पल तरसता रहता हूं।

अर्द्ध रात्रि होते ही तुम जब सपनों में आती हो,
सर्दी गर्मी याद न रहती तुझमें ही खोया रहता हूं।

रात की तन्हाई में जो दूर तू मुझसे रहती है,
मैं अपने दिल में दर्द छिपाए रहता हूं।

जैसे चांद अपनी चांदनी को कुछ दर्द सुनाता होगा,
वैसे ही मैं भी कुछ दर्द बांटता रहता हूं।

रात की तन्हाई में जागता रहता हूं,
तेरे इंतजार में बेकरार सा रहता हूं।

****

नारी को तुच्छ समझते हो?

तुम अपनी में लगे रहो,

उनके तलबों में पड़े रहो।

खाकी को खेल समझते हो,

नारी को तुच्छ समझते हो।

तू भी नारी से जन्मा है,

तेरे घर में भी नारी है।

और संस्कार तेरे बता रहे,

तू कितना अत्याचारी है।

तू किस कुलीन के जन्मा होगा,

किस किस का खाकर पनपा होगा।

और जा मैं भी अहीर से जन्मी हूं,

यदुवंश मेरी औकात है।

और आंखें क्या दिखलाता है?

क्या खाई तेरी खैरात है।

तुम AC में रहते हो, कर्तव्य हमारा क्या जानो,

कुर्सी की गर्मी रहती है तुम हाल देश का क्या जानो,

तुम वोट मांगते दिखते हो,

जाहिल अनपढ़ तुम लगते हो,

हम तुमसे ज्यादा पढ़े हुए, अपने देश पर मरते हैं,

और तुम इसका खाया, उसका खाया भूख, गरीबी क्या जानो।

और सारे भेड़िए मिलकर के उसका मिजाज तुम दबा रहे,

वो लड़की है, लड़की का शौर्य कभी सुना होगा,

नाम छबीली था उसका, नाम तो उसका भी सुना होगा,

खैर छोड़ो, उसका बिगाड़ कुछ सकते नहीं,

वो श्री कृष्ण की वंशज है, उसका उखाड़ कुछ सकते नहीं।

और मैं बस यही कहूंगा, उसने जो किया अच्छा किया,

करना भी यही चाहिए था,

बड़े बाप का था तो क्या, सबक सिखाना चाहिए था।

****

वादा रहा

तेरे वादे भूल जायेंगे वादा रहा,
तेरी यादें नहीं आयेंगी वादा रहा।

गर गलती से हमारी याद आ भी जाए,
तेरे दिल से निकल जाएंगे वादा रहा।

हम टूटे थे पहले ही तूने जोड़कर फिर से तोड़ दिया,
ये बस बातें हैं चल इन्हे भी भूल जाएंगे वादा रहा।

कल तक कुछ शिकायतें थी तुमसे जो करनी थी,
अब उन शिकायतों को भी भूल जाएंगे वादा रहा।

तुमसे जुड़े कुछ सपने थे जिन्हें मैं हर रात देखा करता था,
अब हम रात होने से पहले ही जाग जाया करेंगे वादा रहा।

तुम्हारी कुछ यादें थी जो इस दिल में अब तक हैं,
एक दिन उस दिल को भी निकाल देंगे वादा रहा।

जब मुझे तेरे सिवाय कोई और नज़र नहीं आता था,
चल इसी बहाने संसार भी देख लेंगे वादा रहा।

में तेरे काबिल नहीं हूं तुझे अब तक समझ नहीं आया,
चल अब किसी – न – किसी के काबिल बन लेंगे वादा रहा।

किसी की याद में रो लेते हैं जी भर के आज भी
अब हर रोज हस के विताएंगे वादा रहा।

****

शायरी

नज़र मेरी को पढ़ लो,

दिल को भाए कुछ ऐसा कह दो।

सांवली हो, तुम पर सारे रंग सजते हैं,

नज़र न लग जाए कहीं, खुद को ढक लो।

उजाला करने को अंधेरा चाहिए,

रात ठहरने को अंधेरा चाहिए।

जी हुजूर कर लेते हो जीने के लिए,

सच बोलने को कलेजा चाहिए।

****

तेरा हो जाऊं

ख्वाहिश है कि तेरा हो जाऊं,
तू रात मैं सवेरा हो जाऊं।

तेरी छत से परिंदे तो उड़ने दे,
तेरी ही छत पर बसेरा कर जाऊं।

तुझको आकर लगा लूं गले से अभी,
पकड़ूं तुझे और आसमां में सो जाऊं।

हाथ पकड़ मेरा और सो जा,
मैं फिर से तेरे सपनों में खो जाऊं।

और तू बह तो सही संगम की तरह मुझ में,
तेरे लिए तो में इलाहाबाद भी हो जाऊं।

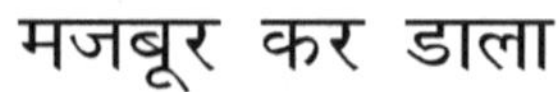

मजबूर कर डाला

ज़माने ने मजबूर कर डाला,
वक्त ने मगरूर कर डाला।

मैं अपनी वेदना किसको बयां करूं,
दूर मुझसे मेरी आंखों का नूर कर डाला।

ज़माने ने उठाई उंगलियां गिरेबान खुद का न झांका,
मेरी आंखों को अश्कों से भरपूर कर डाला।

बैठा हूं अब भी मिटाकर फांसले इस जहां से,
लोगों ने तो इस जहां से ही दूर कर डाला।

खो चुका हूं सबकुछ मोहब्बत में पाने की उम्मीद न है,
पर फिर से दोस्तों ने जीने पर मजबूर कर डाला।

****

रिश्ते सम्भल कर निभाना

उसकी अभी बात अच्छी लगती है,
उम्र तुम्हारी अभी कच्ची लगती है।

लगता है इश्क में पड़ गए हो,
नई नई दीवानगी अच्छी लगती है।

रिश्ते सम्भल कर निभाना, गिर मत जाना,
वो भी अभी उम्र की कच्ची लगती है।

उड़ाने आसमां तक भरना,
जोड़ी तुम्हारी सच्ची लगती है।

दुनियां में हवाएं काफी मिलेंगी,
हवा मोहब्बत की ही अच्छी लगती है।

****

अच्छा लगता है

उसे याद करना अच्छा लगता है,
उससे बात करना अच्छा लगता है।

दूर है वो मुझसे कई कोसों पर,
कभी कभी मुलाकात करना अच्छा लगता है।

कई महीनों में होती है मुलाकात उससे,
अब उसके साथ रहना अच्छा लगता है।

गर गलती से छू भी जाऊं उससे तो वो मुस्करा देती है,
अब बार बार वही गलती करना अच्छा लगता है।

जब मिलकर आता हूं उस से तो आंखे नम हो जाती हैं,
फिर उसी को गले लगाकर रोना अच्छा लगता है।

रोता देख सुला लेती है अपनी बाहों में,
अब उसी की बाहों में सोना अच्छा लगता है

शायरी

कुछ दर्द हैं मेरे जो मुझे सोने नहीं देते,

कुछ लोग मेरे अपने जो मुझे रोने नहीं देते।

शुक्रगुजार हूं उनके इस अपनेपन का,

दूर होकर भी मुझे तन्हा होने नहीं देते।

****

रख लेना

तुम भी अपना ध्यान रख लेना,

कॉल न आए उसका तो खुद ही कर लेना।

अच्छे रिश्ते बड़ी मुश्किल से बनते हैं मेरे दोस्त,

खता हो भी जाए उससे तो हाथ पर हाथ रख लेना।

अनमोल है वो शख्स इस दुनिया में जो तुम्हें रोने नहीं देता,

आंसू भी आए आंख में तो याद हमें कर लेना।

माना कि जुर्म किए हैं तुमने मुझपर बेहिसाब,

जरूरत जो पड़े हमारी तो बस नाम ले लेना

****

फिर आई है

आंख भर आई है, याद उनकी फिर आई है,

अंधेरे में थे तब, बड़ी मुश्किल से कटी तन्हाई है,

बिना उनके हैं मुकम्मल हम, ऐसा दिल कहता है,

फिर ऐसा क्यों लग रहा है कि तू अब भी पराई है।

****

दोस्त नज़र आ रहा है

रात हुई है सन्नाटा है एक चांद तारा नज़र आ रहा है,
जरा गौर से देखो साहब वो मेरा दोस्त नज़र आ रहा है।

उसकी यादों में पागल से फिरते हैं इधर, उधर भटकते- २
आज फिर उसकी यादों का किरायेदार नज़र आ रहा है।

उसकी यादों को दिल में लेकर घूमता रहता हूं हर शहर,
आज फिर मुझे वो ICU वाला कमरा नज़र आ रहा है।

जिक्र होता है उसका कभी घर में तो जी भर के रो लेता हूं,
वो पागल था उसका चेहरा हर किसी में नज़र आ रहा है।

तेरी नजाकत में वो वास्तविकता थी जिसके तू था काबिल,
तेरी गली, मोहल्ले, गांव में तेरा शोर नज़र आ रहा है।

तू चला गया सबको छोड़कर तेरा ठिकाना कहां है अब?

अब मुझे ये सारा का सारा संसार खाली नज़र आ रहा है,

जरा गौर से देखो साहब मेरा दोस्त नज़र आ रहा है।

****

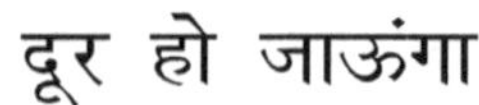

दूर हो जाऊंगा

जब इश्क में मजबूर हो जाऊंगा,
तो मैं तुमसे दूर हो जाऊंगा।

वक्त है थोड़ा मेरे मुकद्दर में,
देखना एक दिन मैं भी मशहूर हो जाऊंगा।

चले जाना देखके मेरे बुरे दिन,
पर जब भी आओगी मेरी कब्र पर,
तो तुम्हें महसूस हो जाऊंगा।

पकड़ना मेरी मिट्टी और चूम लेना होटों से,
मैं फिर से मोहब्बत के नशे में चूर हो जाऊंगा।

****

घबरा गए

हम ये सोचकर कितने घबरा गए,

कहां थे अब कहां आ गए।

जिसको पाना चाहा उसे पा ना सके,

वो बेवजह इतना तड़पा गए,

एक रोज झांका आइने में हमने,

हम खुद में ही शरमा गए,

खुद हो देख लगता है तबाही नजदीक है,

और देखो तबाही के कितने नजदीक आ गए।

****

तुम चले जाओ

बात कुछ यूं है कि तुम चले जाओ,

करके मनमोहक बातें हमारा दिल न दुखाओ,

अकेला नहीं हूं मैं, ये समा मेरे साथ है,

मेरे साथ तनहा लगता है तो अपना दिल कहीं और लगाओ।

हालात जो भी थे तुम्हें हर हाल में खुश रखा,

यहां खुश नहीं हो तो कहीं और जाकर मुस्कुराओ,

उंगलियां उठाते हो बेहिसाब हम पर,

जाओ पहले खुद को आइना दिखलाओ।

****

रुकने मत देना

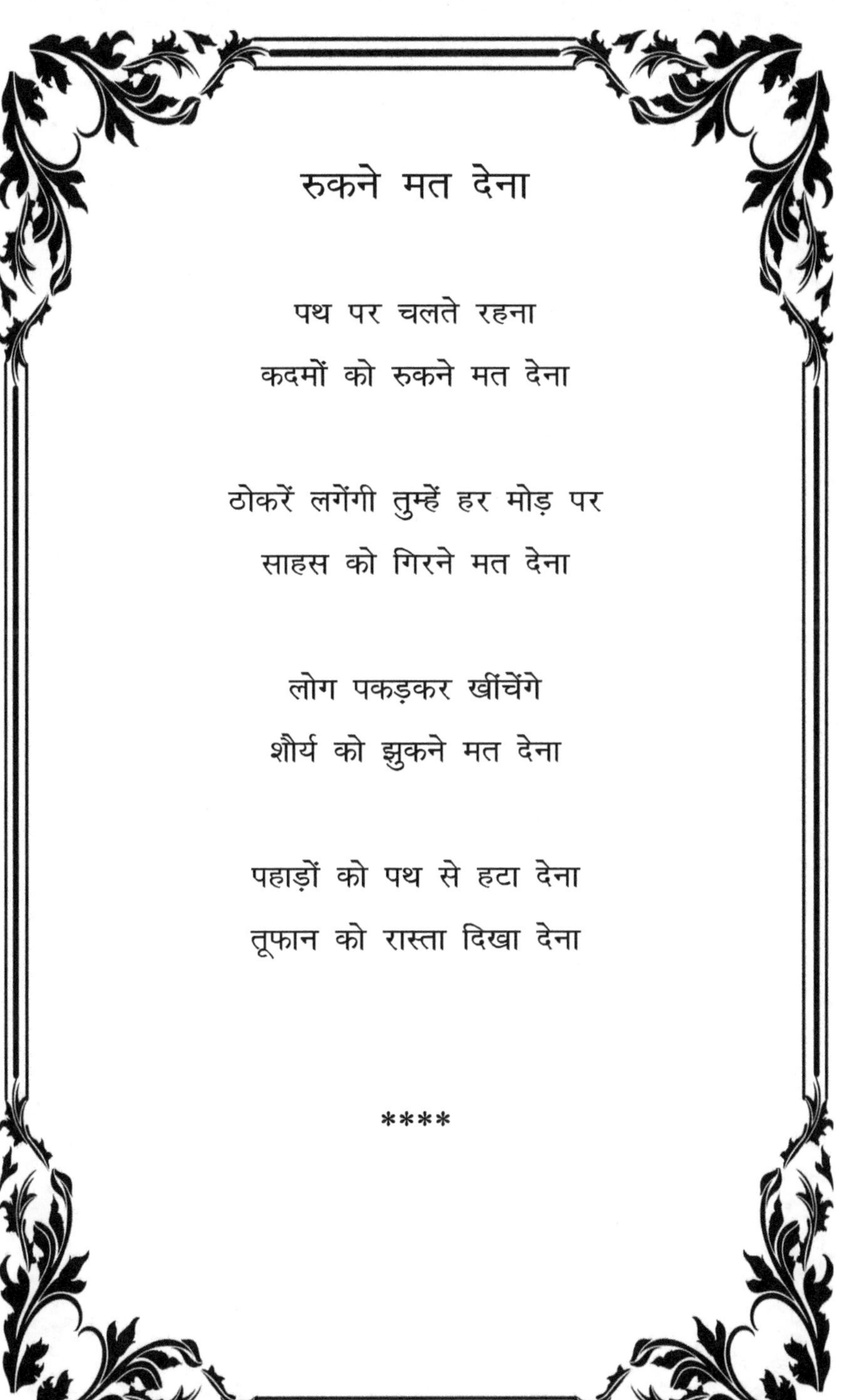

पथ पर चलते रहना

कदमों को रुकने मत देना

ठोकरें लगेंगी तुम्हें हर मोड़ पर

साहस को गिरने मत देना

लोग पकड़कर खींचेंगे

शौर्य को झुकने मत देना

पहाड़ों को पथ से हटा देना

तूफान को रास्ता दिखा देना

****

भुला दिया

किसी ने भुला दिया हमको

किसी ने रुला दिया हमको

उस चांद से जाकर पूछो

उसने क्या दिया हमको

सो गए थे थक हार कर

फिर से क्यों जागा दिया हमको

उम्मीदों के पहाड़ तोड़ दिए

उसी ने ये सजा दिया हमको

जाओ जाकर बैठ जाओ उस कोने में

तुमने भी तो दगा दिया हमको

****

नींद कैसे आए

तुम हमे यूं बताओ रातों में नींद कैसे आए

तुम्हारे सिवाय कोई और सूरत कैसे भाए

यूं तो मिल जाते हैं दिन में हजारों चेहरे

पर तुम्हारे जैसे दिल कोई कहां से लाए

****

बात कर लेना

थोड़ी प्यार से बात कर लेना
अपने इरादे साफ कर लेना।

मिलाना आंखों से आंखे उससे,
बयां सारे जज्बात कर लेना।

छूकर उसे उसी के रहना,
खुद को उसी के नाम कर देना।

****

खोया है

दुनियां में मैंने बहुत कुछ पाया बहुत कुछ खोया है।

उस शख्स की खातिर ये दिल बड़ा रोया है।

कर्ज है उस पर मेरी तमाम अश्क भरी रातों का।

हम फिदा हैं उसपर और वो किसी और के लिए रोया है।

****

बाकी है

मेरी जिंदगी में कुछ ख्वाब बाकी हैं
मेरी आंखों में कुछ राज बाकी हैं।
खुश रहते हैं किसी की यादों में शायद
ये इलजाम भी मेरे सिर पर बाकी है।

****

हमारे पास भी समंदर बहुत हैं

रास्ता चुना है मैंने उसमें बवंडर बहुत हैं
ये राह जहां तक जाएगा उसमें खंडर बहुत हैं।

आसमा से कह दो भुजाएं फैला ले अपनी में आ गया हूं
उन रास्तों से आया हूं जिनमें पत्थर बहुत हैं।

आस लेकर आया हूं, सूरज से कह दो पानी दे दे
जमीं समझकर आया था यहां तो बंजर बहुत हैं।

चुपके से निकल आया हूं वहां से सब सत्ताधीश थे
अब उनसे कह दो हमारे पास भी समंदर बहुत हैं।

****

जरूरी था

तुझसे दूर जाना भी जरूरी था,

थोड़ा ही सही मगर इश्क दिखाना भी जरूरी था,

बड़ी आरजू थी कि जमाना जीतेंगे हम,

अन्त में आरजुओं का बिखरना भी जरूरी था,

फिक्र थी नहीं मुझे ज़माने की,

जमाना मेरे अंदर बसता था,

तुम्हारा हाथ छोड़ते ही,

ज़माने से भी हार जाना जरूरी था।

तुम मिलोगी मुझे फिर कभी पता नहीं,

पर तुम्हारा इस दिल में उतर जाना भी जरूरी था,

मिलोगी फिर से तो बहुत कुछ गुफ्तगू करनी थी,

मगर फिर से दिल को समझाना भी जरूरी था,

तुम इश्क करती थी मुझसे यह उपहास भी जरूरी था,

कुछ ख्वाब थे मेरे अपने जिन्हें हर रोज देखा करता था,

तुम्हारा हाथ छोड़ते ही उन ख्वाबों का टूट जाना जरूरी था।

****

नहीं सीखा

हमने किसी को रुलाना नहीं सीखा

प्यार करके छिपाना नहीं सीखा।

ये जमाना गवाह है, प्यार करते हैं,

वादा करके दिल दुखाना नहीं सीखा।

सह लेंगे ज़माने के तीखे बोल भी,

छोड़कर किसी को भाग जाना नहीं सीखा

उस मोड़ पर खड़ा कर दिया, जाना मुमकिन नहीं

हाथ नहीं छोड़ेंगे, क्यों कि हमने लड़खड़ाना नहीं सीखा।

****

यादों की लहर

गला भर गया है, तेरी यादों की लहर आई है,
ऐसा लगता है, जैसे सावन में चल रही पुरवाई है,
गैर मतलब है कोई मौसम की बारिश थोड़ी है,
फिर क्यों आसमान में काली घटा छाई है।

याद करके

कि आज रो लूं तुझे याद करके
तेरी याद आज फिर से आई है
क्या पता किसने देखा कल क्या हो
आ जी भर के देख लूँ, तू मेरी परछाई है।

नज़र

हटती न उससे नज़र अब मेरी
उसको मेरी अब खबर तक नहीं
बात सिर्फ मतलब की चाहिए उसको
मोहब्बत के पीछे नफरतें पल रहीं।

हम तरसते हैं

तुम्हें देखने को हम हरपल तरसते हैं
मेरे इश्क ए गमों के बीच में ये जख्म गहरे हैं
तुम्हें कैसे बताऊं कि मेरी हालत क्या है
यूं समझो कि तुमसे रोज मिलने के बहाने ढूंढ लेते हैं।

रुलाया करते हैं

वो हमें रोज रुलाया करते हैं।
अपनी यादों की नदियों में रोज डुबाया करते हैं
सोच भी नहीं रखते होंगे हमारी यादों की।
दिल को तसल्ली देकर रोज सुलाया करते हैं

सांस रुक गई

ये मेरी और उसकी कहानी है सब
चांदनी चांद को जितनी प्यारी है अब
जबसे उसने अकेला किया एकदम
सांस अब रुक गई है ना आनी है अब

इंसा वहीं चाहिए

अब अंधेरा जरा सा मुझे चाहिए
उसने छोड़ा है ना अब समा चाहिए।
क्या गलतियां हुई है बता तो सही
मुझको वापस से इंसा वहीं चाहिए।

****

दोस्तों पर गुमान रखता हूं

छोटों का मान रखता हूं

बड़ों का सम्मान करता हूं

झुकने नहीं देते अजीज मुझको

इतना दोस्तों पर गुमान रखता हूं

हौसले बुलंद हैं मेरे, और

कदम आसमां पर रखता हूं

थोड़ा इश्क विश्क भी करता हूं

उंगली उठाने वाले का इलाज भी रखता हूं

घुटनों पर आ जाऊं किसी के दबाव में ऐसा नहीं हूं

इतना तो खुद में भी मिजाज रखता हूं

जिन्दगी पढ़ ली मैंने, हसरत पूरी होगी

सिर पर पिता के ताज रखता हूं

सिवा ना कोई

दिल में तुम हो तुम्हारे सिवा ना कोई

मेरे हर मर्ज़ की अब दवा हो तुम्हीं

तेरे बिन सांस लेना है मुम्किन नहीं

आ भी जाओ ना इतना सताओ तुम्हीं

****

बदनाम कर देगी

वो इश्क में तुझे बदनाम कर देगी,

तुझे मिटा कर खाक कर देगी।

मेरे यार चलती फिरती कठपुतली है वो,

तेरे बाद खुद को किसी और के नाम कर देगी।

इश्क का झूठा षड्चंत्र रचा है तेरे साथ उसने,

देख लेना एक दिन खुद को दो से चार कर लेगी।

वादे करेगी हजार तुझसे साथ जीने साथ मरने के,

व्हाट्सएप पर तेरे साथ वाली फोटो लगा कर सबको हाइड
कर देगी।

****

सीख लिया

तुम्हारी याद में भी जीना सीख लिया हमने

तन्हां होकर भी महफिल में रहना सीख लिया हमने।

वक्त था जब वो मुझे सम्हाल लेती थी

आज गिर कर भी सम्हलना सीख लिया हमने।

वक्त था जब उसकी यादों में रो देता था

आज रोकर भी हंसना सीख लिया हमने।

उसकी फितरत में था बदलना खुद को बदल डाला

झुकना मंजूर नहीं, बदलना सीख लिया हमने।

****

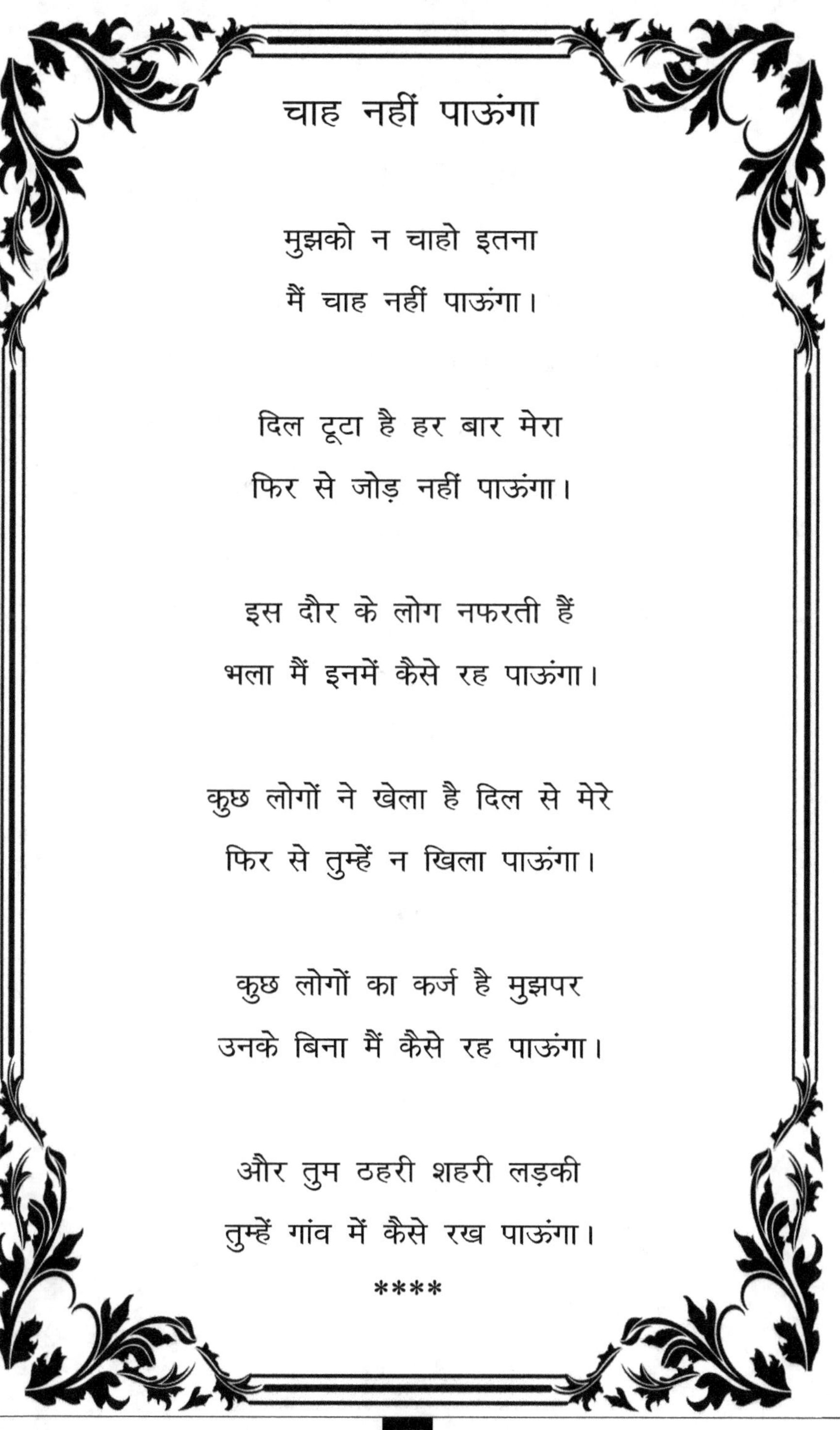

चाह नहीं पाऊंगा

मुझको न चाहो इतना
मैं चाह नहीं पाऊंगा।

दिल टूटा है हर बार मेरा
फिर से जोड़ नहीं पाऊंगा।

इस दौर के लोग नफरती हैं
भला मैं इनमें कैसे रह पाऊंगा।

कुछ लोगों ने खेला है दिल से मेरे
फिर से तुम्हें न खिला पाऊंगा।

कुछ लोगों का कर्ज है मुझपर
उनके बिना मैं कैसे रह पाऊंगा।

और तुम ठहरी शहरी लड़की
तुम्हें गांव में कैसे रख पाऊंगा।

****

ना सताया कर

हमें इतना ना सताया कर

यूं सज के किसी और को ना दिखाया कर।

अगर जहन में कोई बात है तो फिर बता हमें

फालतू में इतना ना चिल्लाया कर।

गर खता हमसे हुई है तो फिर बता हमें

ख्वामख्वाह किसी और को ना बताया कर।

सुना है रोज मिलती है खुदा से

कभी मेरे लिए भी सिर झुकाया कर

****

लोग जल रहे हैं

हम तुम्हें याद कर रहे हैं

पर ये लोग इतना क्यों जल रहे हैं।

तुम्हारे तबस्सुम को किसी ने सुन लिया था शायद

इसलिए ये सब अब तक कान लगाए खड़े हैं।

किस्सा सब तेरी मोहब्बत का है, समय बरसात का है

फिर भी बादल ने श्रोत बंद कर रखे हैं।

तू आ आकर देख इधर

जमीं, आसमां, तारे ये सब तेरा जिक्र कर रहे हैं।

****

तो अच्छा है

हवा बनके तू इन सांसों में ना आए तो अच्छा है
तू अश्कों से मेरी नींदें सजाए ना तो अच्छा है।
भले तू छोड़कर मुझको चले जाना जहां चाहे
तू सपनों में मेरे आकर रुलाए ना तो अच्छा है।

****

बिखर जाएंगे

हाल ए दिल न पूछोगे तो बिखर जाएंगे
इस ज़माने से होकर गुजर जाएंगे।

नहीं देख पाओगे इन आंखों से जिन्दगी भर हमें
तुम्हारी जिन्दगी के बाहर ही ठहर जाएंगे।

कभी सरहदें पार कर के याद आएं तो बता देना
इन आंसुओं की तरह तेरे दिल से भी निकल जाएंगे।

****

अधूरा है

तुम्हारे बिन मेरे दिल का हर एक सपना अधूरा है
उठा है जोर का बादल मेरा तन मन अधूरा है।

घटाएं जो ये उठती हैं तो दिल पर वार होता है
तुम्हारी याद में अबतक मेरा सावन अधूरा है।

और वक्त है अभी सुधर जा ऐ जालिम
तेरे न आने से मेरे जाने का हर रास्ता अधूरा है।

ख्वाब है कुछ यूं कि तू आए तो रूबरू हो जाऊं
तेरे जाने से अब मेरा हर एक किस्सा अधूरा है।

ये तो मैं भी समझता हूं ज़माने के इन रूतबों को
छुऊं न आज तुझको तो मेरा चुम्बन अधूरा है।

*****

अच्छा नहीं लगता

कभी आओ हमें अकेले इस बरसात में अच्छा नहीं लगता

तुम तो सो जाते हो ओढ़कर

हमें तन्हाई में अच्छा नहीं लगता।

और हम सारी रात इस चांद को देखकर काट लेते हैं

कभी बैठो रूबरू होकर,

फोन पर बात करना अच्छा नहीं लगता।

यूं तो हो ही गई थी मुलाकात स्टेशन पर, ट्रेन लेट थी

अब हमें रोज रोज ट्रेन से

आना जाना अच्छा नहीं लगता।

वो खिड़की से रोज झांकती होगी, उसकी मां डांटती होगी

और कुछ करनी है गुप्तगू रूबरू होकर,

हमें रास्ते में मिलना अच्छा नहीं लगता।

और बैठो कुछ वक्त पास मेरे तो तसल्ली हो जाए

तुम्हारा फोन पर जान बाबू सोना मोना करना

अच्छा नहीं लगता।

****

मिटा दूंगा

तुम्हारे दर्द को दिल से मिटा दूंगा
तुम्हारे झूठे प्यार को पानी में बहा दूंगा।

खबर ना हो जाए मेरी मां को इस हादसे की
उसके लिए तो सारे ख्वाबों में आग लगा दूंगा।

मेरी मां ने नौ महीने में मेरा दिल बनाया है
तेरी बेवफाई का क्या उसे तो मैं चुटकियों में भुला दूंगा।

****

अक्सर तनहां

तुम न हो पास मेरे तो मैं अक्सर तनहां हो जाता हूं
तुम्हारी यादों की आंधी में मैं अक्सर खो जाता हूं।

यादों से कहो कि अपनी हदें पार ना कर बैठें
तुम्हारे साथ बाली फोटो को सिरहाने रख कर सो जाता हूं।

****

सिखा दिया

वक्त ने गमों को सहना सिखा दिया
अपनों के बीच रहना सिखा दिया ।

कुछ लोगों की बातें काट लेती थीं मुझको
अब वक्त ने सबकुछ सहना सिखा दिया।

डुबाया है गमों के समंदर में मुझे
वक्त ने गमों के साथ बहना सिखा दिया।

****

क्या देखा है

तुमने इस ज़माने में क्या देखा है
हमने रंग बदलते लोगों को देखा है।

ओस से चिपके हैं इन पहाड़ों पर
हमने उन पहाड़ों से लोगों को फिसलते देखा है।

ये जमाना तुम्हें कुछ नहीं देगा चाहो तो आजमा लो
हमने दुनियां को दुनियां के तौर से देखा है।

दिन रात मेहनत करके आसमान में उड़ाने भरी हैं
हमने कमल को कीचड़ में खिलते देखा है।

हमने रंग बदलते लोगों को देखा हैं।

****

नहीं मनाओगी

मैं कभी किसी बात पर गुस्सा होना चाहूं,

हो तो जाऊं पर नहीं होता

क्युंकी मुझे पता है तुम मुझे नहीं मनाओगी।

कभी कभी बात करते करते फोन भी रखना चाहूं,

तो रख तो दूं, पर नहीं रखता

क्युंकी मुझे पता है तुम फोन नहीं लगाओगी।

बात इतनी है कि तुम में अहम बहुत भरा है,

और कभी कभी तुम्हें भूलना भी चाहूं तो भूल तो जाऊं,

पर नहीं भूलता क्युंकी मुझे पता है

तुम खबर तक नहीं लगाओगी।

****

बाकी है क्या ?

सब कुछ कह दिया कुछ और कहना बाकी है क्या..?

तौर तरीके सीखे हैं तमाम इस जमाने से,

कुछ और सिखाना बाकी है क्या।

जान ही तो है कितनी बार लोगे,

हमारी जान में और जान बाकी है क्या...?

सोख लो कतरा कतरा मेरे रक्त का,

मगर पहले जैसा हिन्दुस्तान बाकी है क्या।

सियासत करते हैं हर कदम पर आसमान से समंदर तक,

समंदर में और रेगिस्तान बाकी है क्या।

लोग साजिश रचते हैं पराजय पसंद नहीं,

इस जहां में और ईमानदार बाकी है क्या।

और ये तो हार गए थक गए मिट रहे हैं,
तुम्हारे यहां और पहरेदार बाकी है क्या।

हिन्दुस्तान में आज भी बच्चा बच्चा चन्द्रगुप्त मौर्य है,
तुम्हारे यहां और सिकंदर बाकी है क्या।

****

याद आती है

अब तुम्हारी याद आती है
पास न हो तुम ये बात रूलाती है।

दूर रहकर करती हो बेचैन इतना।
ये बैचेनी और बढ़ाती है।

हर पल दिल में रहते हो।
फिर भी महसूस तुम्हारी कमी हो जाती है।

आकर पास मेरे बैठ जाओ, हम बुलाते हैं,
वो ही तो नहीं बुलाती है।

****

मिटा नहीं सकता

वादे प्यार के मिटा नहीं सकता

प्यार तो करता हूं बयां कर नहीं सकता।

मेरी भी चाह है टूटकर चाहूं तुम्हें

चाहत को अपनी तुम्हें सुना नहीं सकता।

ख्वाबों में ही मिलते हो, हो कभी रूबरू

जज्बात इस दिल के बयां कर नहीं सकता।

जख्म देता है देव खुद को कई मर्तबा

बिना तुम्हारे मरहम लगा नहीं सकता।

****

बहाना चाहिए

दूर होने का बहाना चाहिए,
तुम्हारी याद को चले जाना चाहिए।
चला जाऊंगा इतनी दूर उससे,
लौटकर न आना चाहिए।
सफर काफी कर लिया हमने,
अब बस ठहर जाना चाहिए।
खुश रहूं जिस जगह बेहद,
अब मुझे वहीं ठिकाना चाहिए।
पास आऊंगा ना फिर कभी,
मुझे कुछ वक्त और चाहिए।
सोया था तब से झूठे इश्क में,
अब मुझे जाग जाना चाहिए।

****

चलेगा क्या

तुम्हें याद न आऊं तो चलेगा क्या ?

प्यार तुम्हें करूं और जताऊं किसी और को
तो चलेगा क्या ?
जमाना गवाह है आज भी मोहब्बत में बर्बाद होना पड़ता है,
तुम्हें बर्बाद करके खुद आबाद हो जाऊं
तो चलेगा क्या ?

आसान है करना, निभाना बड़ा ही मुश्किल,
यहां दर्द गम आंसू खुशी सब साथ रहते हैं,
मैं खुश रहकर तुम्हें रुलाऊं
तो चलेगा क्या ?

मेरी जान शक का इलाज बड़ा मुश्किल है रिश्तों में,
तुम्हारे ही सामने किसी और को जान कहकर बुलाऊं
तो चलेगा क्या ?

बैठो पास में प्यार करने दो,

लगता है कहीं और जा रहे हो,

तुम्हारे पास रहकर किसी और से मिलने जाऊं

तो चलेगा क्या ?

तुम्हें याद ना आऊं तो चलेगा क्या ?

****

तरस जाएंगे

कुछ लोग मुझे सुनने को तरस जाएंगे,
जो उनकी आंखों से ओझल हम हो जाएंगे।

न आयेंगे हम फिर कभी भी नज़र,
सारे मौसम सुहाने निकल जाएंगे।

महंगी पड़ जाएंगी उन्हें ये महफिलें,
सारी सदियां अकेले वो रह जाएंगे।

उनकी नफरतों में मेरी मोहब्बत डूब गई,
हमारा क्या हम तो किनारों पे आके लिपट जाएंगे।

जब जनाजे पे आकर के देखेंगे वो,
मेरी मोहब्बत में घायल वो हो जाएंगे।

****

बदल रहे हैं

कुछ लोग हैं जो धीरे धीरे बदल रहे हैं

मेरी आंखों से उनके चेहरे उतर रहे हैं

ये गीत गजले तो सब बहाने हैं, जाने दो

उनके चेहरों से असली नकाब उतर रहे हैं

खो जाता हूं

दुनियां की भीड़ में सब कुछ भूल जाता हूं

कभी कभी मौज मस्ती में भी खो जाता हूं

जब होता हू अकेला मैं, अक्सर,

याद आती है मेरी मां, उसी में खो जाता हूं।

****

मिटा दूंगा

तेरे झूठे प्यार को दिल से मिटा दूंगा

और उस दर्द को पानी में बहा दूंगा।

खबर ना हो जाए मेरी माँ को इस हादसे की

उसके लिए तो सारे ख्वाबों में आग लगा दूंगा।

मेरी माँ ने नौ महीने में मेरा दिल बनाया है

तेरे बेवफाई का क्या, उसे तो चुटकियों में भुला दूंगा।

****

हाल-ए-दिल

हाल-ए-दिल ना पूछोगे तो बिखर जाएंगे

इस ज़माने से होकर गुजर जायेंगे।

नहीं देख पाओगे इन आंखों से जिंदगी भर हमें

तुम्हारी जिन्दगी के बाहर ही ठहर जाएंगे।

कभी सरहदें पार करके याद आएं तो बता देना

इन आंसुओं की तरह तेरे दिल से भी निकल जाएंगे।

****

मेरी मां

मेरी मां के रहते मुझे कोई गम नहीं होता

बलाओं में भी उसका प्यार कम नहीं होता।

पीट देती है वो अब भी कभी कभी प्यार में

गुस्सा तो होता हूं पर खफा नहीं होता।

मेरे दोस्तों के लिए भी वो दुआ करती है, मां ही तो है

उसके लिए मुझ में और दोस्तों में कोई फर्क नहीं होता।

****

मां

जब देखती है मुझको तो वो मुस्करा देती है

बिना बताए वो मेरी हर बात जान लेती है।

होती है मुश्किल जिंदगी के किसी मोड़ पर

रखती है अपना हाथ और सारी मुश्किलें तार लेती है।

आसमान रख दूं

जिन्दगी की सारी खुशियां तुम्हारे नाम कर दूं

तुम्हारे जहन में अपना नाम लिख दूं

बात दुनियां की है कि वो रहेगी कहां

वरना तुम कहो तो तुम्हारी गोद में सारा आसमान रख दूं।

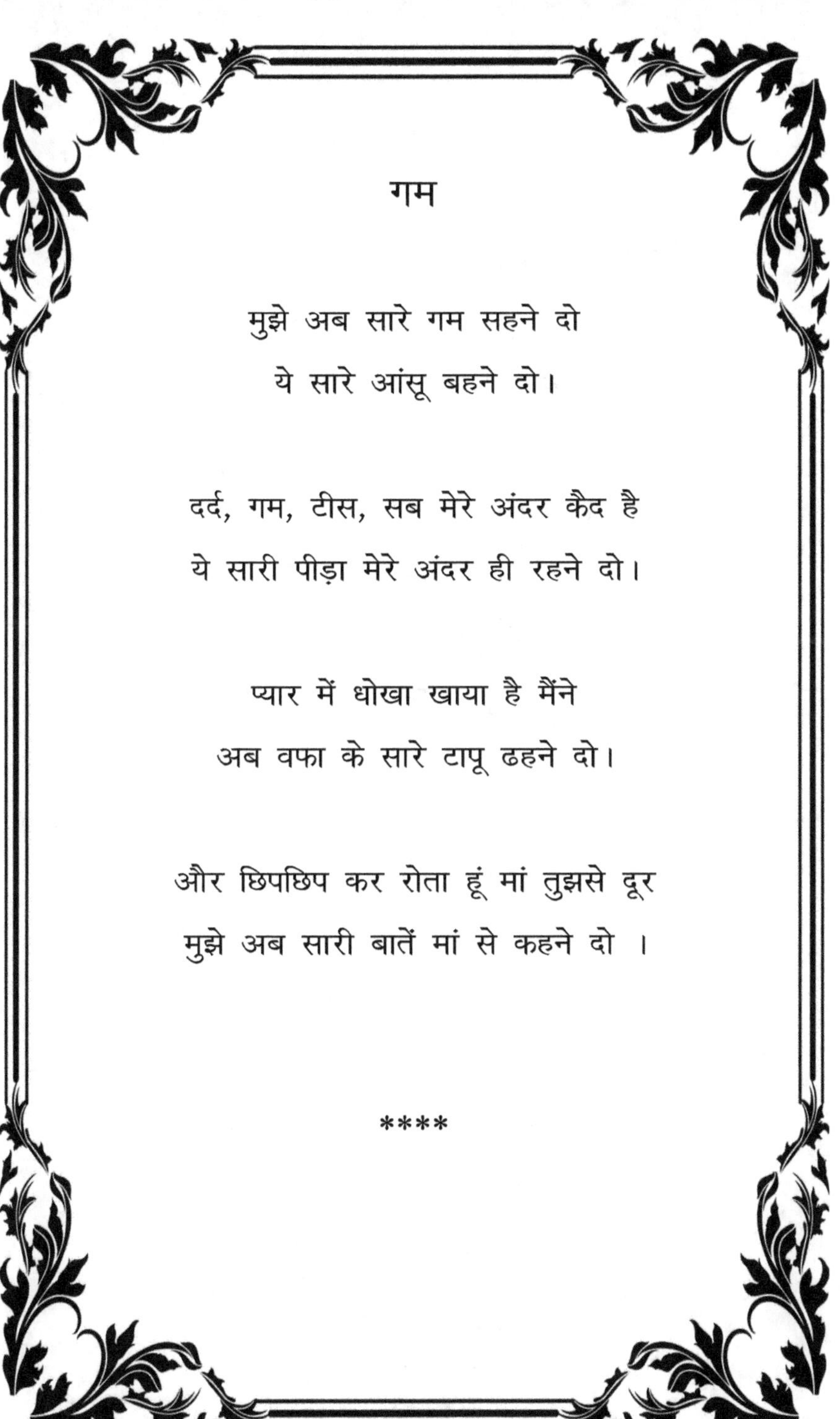

गम

मुझे अब सारे गम सहने दो
ये सारे आंसू बहने दो।

दर्द, गम, टीस, सब मेरे अंदर कैद है
ये सारी पीड़ा मेरे अंदर ही रहने दो।

प्यार में धोखा खाया है मैंने
अब वफा के सारे टापू ढहने दो।

और छिपछिप कर रोता हूं मां तुझसे दूर
मुझे अब सारी बातें मां से कहने दो ।

****

मेरे यार पुराने

कंचों का खेल, पहियों की रेल, भूत चुड़ैल,

कोई फिर से खिला दो।

मेरे यार पुराने फिर से मिला दो।

गिल्ली डंडा, स्याही की पेन, बाग

में झूला सावन की रेन,

कोई फिर से झुला दो

मेरे यार पुराने फिर से मिला दो।

रंगबिरंगी रबर, छोटी सी कटर

किताबों पर कवर।

कोई फिर से चड़ा दो।

मेरे यार पुराने फिर से मिला दो।

वो बंबा का पानी, मेले की रवानी

गुल्लक के पैसे, नानी की कहानी

कोई फिर से सुना दो

मेरे यार पुराने फिर से मिला दो।।

****

झांसी वाली रानी

नाम छबीली था उसका वह संतान अकेली थी
नाना के संग खेली थी वह नाना के संग रहती थी।

ढाल कटारी और तलवारें उसकी यही सहेली थी।
तीर तलवार चलाने में वह दुर्गा बड़ी अलबेली थी।

शादी लायक उम्र हुई तब वह झांसी में ब्याही थी
ब्याह हुआ राजा से तब वह लक्ष्मी बाई कहलाई थी।

राजमहल में बजी बधाई घर में खुशियां आईं थीं
कुछ दिन में ही खुशियां छिन गई काली घटा छाई थी।

बिना पुत्र के राजा मर गए रानी शोक समाई थी
मौका देखा डलहौजी तब सारी सेना सजाई थी।

अंग्रेजों को मौका मिल गया कुछ बातें तब बतलाई थीं
तभी फिरंगी सिर चढ़ के किला को आंखे दिखाई थी।

झांसी वाली रानी थी, फिरंगियों को भगाने की ठानी थी।
ऐसा लगता था मानो झांसी में फिर से आई जवानी थी।

जो आजादी खो गई थी, कीमत फिर से पहचानी थी।
वह झांसी बाली रानी थी जिसको आजादी लानी थी।

वह दुर्गा थी या ब्राह्मणी समझ किसी के ना आई थी
सन सत्तावन की बात है ये जब वह लड़ने को आई थी।

जब देख दुर्दशा भारत की अंग्रेजों की आफत आई थी
वह झांसी वाली रानी थी जो खुद लड़ने को आई थी।

****

तुम भी गांव आ रही हो

इस महीने तुम गांव आ रही हो, और मैं भी आ रहा हूं
फर्क सिर्फ इतना है, कि तुम शादी के जोड़े में हो और मैं
कॉलेज ड्रेस में आ रहा हूं।

मुझे देख कर तेरे लबों पर खामोशी क्यों छाई है?
क्या तुझे भी बचपन के प्यार की याद आई है?

इस मासूम के साथ तुम ये कैसा अन्याय कर रही हो?
मां के घर आई हो फिर भी पर्दा कर रही हो।

मेरे दिलों के अरमान अब भी तेरे लिए निकल रहे हैं
और ये क्या तेरे बच्चे मुझे मामा कह रहे हैं।

त्यौहार है जश्न मनाओ, मेरे प्यार को मत भूल जाना
मेहरबानी करके मेरे घर राखी लेके मत आ जाना।

एक वादा करो और बोलो पूरा करोगी,
क्या उसी पुरानी छत पर आज रात को मिलोगी।

कुछ है तेरे मेरे दरमियान अब भी
क्या इस प्यार के लफ्जों की साझेदार बनोगी

****

कुछ खुद्दार

कुछ खुद्दार मेरे शहर में खाना दे रहे थे

खाने के साथ में सेल्फी भी ले रहे थे।

गांव का व्यक्ति राशन लेने चला गया

ये सब देखकर बेचारा गैरत से ही मर गया।

दिल में उतरना पड़ता है

दिल लगाने को दिल में उतरना पड़ता है

नदी पार करने को पानी में उतरना पड़ता है।

गिरोगे आसमां से तो आयेगी अक्ल तुमको

सफलता पाने को मैदां में उतरना पड़ता है।

तड़प जाता है

तुम्हें देखकर दिल धड़क जाता है,

छूकर तुझे दिल मचल जाता है।

हाल ए दिल समझ तो सही मेरा

सुनकर नाम तेरा दिल तड़प जाता है।

दूर हो बैठे है

कुछ लोग खुद से ही दूर हो बैठे हैं।

कुछ खुद में ही मगरूर हो बैठे हैं।

खुद में ना समझो, हम कम नहीं।

हम भी बड़े मशहूर हो बैठे हैं।

यहां तुम दिल दुखाकर जाओगी।

वहां जाकर बहुत याद आओगी।

पकड़कर हाथ तेरा छुएगा कोई और तुझको।

वादा मुझसे करके घर किसी और का बसाओगी।

****

अपने ही रूठ बैठे हैं

झूठे लोगों के साथ रहा नहीं जाता
समझा जाता है झूठा कहा नहीं जाता।
वो इश्क भी झूठा है फासले ही रहने दो
झूठे लोगों से प्यार किया नहीं जाता।

मरे हुए लोग भी जिंदगी जीत बैठे हैं
हम जिंदगी से बहुत कुछ सीख बैठे हैं।
आगे मंजिल है पहुंचे तो कैसे पहुंचे
यहां कुछ लोग अपने ही रूठ बैठे हैं।

****

सरहद पर एक भाई

कोई आज वहां रूठा सा बैठा है

अपनों के बीच छूटा सा बैठा है।

कलाई भर जाती आज उसकी भी

सरहद पर एक भाई अधूरा सा बैठा है।

****

शुक्रिया

मेरे सभी अजीजों को शुक्रिया।
आलोचकों को विशेष शुक्रिया।

तुम्हारी वजह से पहुंचा हूं यहां तक,
और ये दिल दुखाने वालों को भी शुक्रिया।

मेरे जिगरी जान छिड़कते हैं मुझ पर,
उन सभी कर्जदारों को शुक्रिया।

लोगों ने पकड़कर खींचा दिखाई कांटों की राह,
उन सभी कद्रदानों को विशेष शुक्रिया।

****

www.ingramcontent.com/pod-product-compliance
Lightning Source LLC
LaVergne TN
LVHW011030200726
843509LV00011B/1243